KB178409

푸른사상 시선 143

# 아득한 집

푸른사상 시선 143

# 아득한 집

인쇄 · 2021년 4월 18일 | 발행 · 2021년 4월 25일

지은이 · 김정원
펴낸이 · 한봉숙
펴낸곳 · 푸른사상사

주간 · 맹문재 | 편집 · 지순이, 김수란, 노현정 | 마케팅 · 한정규
등록 · 1999년 7월 8일 제2-2876호
주소 · 경기도 파주시 회동길 337-16(서패동 470-6) 푸른사상사
대표전화 · 031) 955-9111(2) | 팩시밀리 · 031) 955-9114
이메일 · prun21c@hanmail.net /prunsasang@naver.com
홈페이지 · http://www.prun21c.com

ⓒ 김정원, 2021

ISBN 979-11-308-1784-2    03810
값 10,000원

푸른사상
시선
**143**

# 아득한 집

김정원 시집

푸른사상
PRUNSASANG

 영산강이 태목리 대숲을 에돌아 서해로 흐르고, 파란 하늘에 흰 구름 두둥실 떠가는 고향. 어머니가 김매던 콩밭을 지나, 아버지와 함께 걷던 병풍산 오솔길을 오늘은 혼자 걷는다. 산들바람은 솔솔 불어와 두 볼을 어루만진다. 살갑게 웃는 민들레, 토끼풀, 제비꽃, 할미꽃, 냉이꽃은 온 누리에 향기를 내뿜어 겨울잠에서 벌과 나비를 깨운다. 꿩들이 대놓고 사랑을 부르는 산기슭. 까치 부부는 떡갈나무 우듬지에 신방을 차리고 부지런히 새끼를 기른다.

 어린 새가 둥지를 떠나려고 수백 번 날갯짓하듯, 삶을 가꾸는 참된 시작(詩作)은 탐스러운 열매를 향하여 뿌리에서 꽃으로, 꽃에서 뿌리로 숱하게 오르내리는 묵언 수행!

 나는 자연이 들려주는 이야기와 삶을 어머니의 말로 받아쓸 뿐이다.

2021년 봄 빛고을에서
김정원

| 차례 |

■ 시인의 말


제1부

제2부

## 제3부

## 제4부

제1부

# 비

수직은

곧장 수평이 된다

수평은 동무가 참 많다

# 겨울 호수

네가 던지는 돌에
내가 부딪히고
아픈 까닭은

물 샐 틈 없이
단단하고 차가운
나의 빙벽 때문이다

내가 물이라면
네가 던지는 돌이
상처를 내지 못하고

그 돌이 칼이라도 안으면
나비처럼 춤추며 가라앉아
그만 녹슬고 말 텐데

얼어붙은 나의 가슴을 먼저 녹여야
복수초도 꽃을 피우는
세상에 봄이 온다

# 목련

꽃이 얼마나 아름다우면 사흘을 못 가는가

봄이 얼마나 아름다우면 석 달을 못 가는가

인생은 꽃보다 봄보다 아름다워서 이토록 짧은가

가슴에 화살이 꽂힌 채 하늘을 날고 있는 새처럼

## 아득한 집

다락이 있는 집
장독대 곁 감나무에 이마를 댄
술래가 눈을 뜨고도 좀처럼
아이들을 찾을 수 없는 집
아버지한테 꾸지람 듣고
혼자 웅크리고 앉아 분을 삭이는
대청마루 밑 은신처가 있는 집
어머니가 저녁밥 먹으라고
헛간에서 고샅에서 이웃집에서
이름을 불러대며 찾고 다녀도
일부러 꿈쩍 않고 애타게 하는
그 은신처로 돌아가고 싶은 집
객지에서 서럽고 쓸쓸하고 고단하여
달이라도 쳐다보고 싶을 때 달려가
건너고 싶은 강이 있고
오르고 싶은 산이 있고
걷고 싶은 들길이 있고
등목하고 싶은 우물이 있는 집

북새풍이 불면 방패연을 날리고
눈썰매 타고 싶은 언덕이 있고
낙서하고 싶은 골목이 있고
기대고 싶은 정자나무가 있고
도서관 같은 그 아래서 사철 구수하게
옛이야기 들려주는 할아버지가 있는 집
함부로 말할 수 있는 동무가 마중 나온
두엄 냄새 풍기는 대나무골
부엌에 그을음 번들거리고
뜨락에서 어미 닭과 병아리들 놀고
얼룩소가 느긋하게 되새김질하는
마당 넓고 싸리울 낮은 집

# 집으로 가는 길

길고 고단한 하루
논배미에 땅거미 기어올 때
쟁기질 끝내고 뚜벅뚜벅
집으로 돌아가는 길
목덜미에 멍에 자국 깊고
땀을 뻘뻘 흘리는 소를
마을 우물로 데리고 가
바가지로 등물 해주며
어머니가 애틋하게 말한다

"여보게, 애썼네. 고마우이."

그러면 말 못 하는 소가
치맛자락에 이마를 조아리고
귀를 사알짝 흔든다
아기 바람과 악수하는
무화과 나뭇잎같이

# 메꽃

차가 다니지 않는 시골길에서
나팔 같은 메꽃 한 송이 본다
머리 숙여 찬찬히 들여다보니
꽃잎에 구멍이 숭숭 뚫렸다
벌레가 갉아 먹었나 보다

상처에 아침이슬로 연고를 바르고
시리지만 활짝 웃는 연분홍 꽃
바람이 다치지 않게 지나가라고
햇볕 바른 동그란 길들 내주며
흔들릴 때마다 뿌리가 깊어진다

# 마른 눈물 다시 샘솟아

아주 슬픈 영화를 보아도
울지 않는 내가
이마에 차가운 손을 문지르고
빈 들판을 종종거리는
얼핏 하늬바람 한 점에
눈물 흘릴 줄이야

해거름에 솜이불 뒤집어쓴,
동박새 한 마리 날개 접고
산자처럼 부푼 지구를 지그시 눌러
앞마당 동백나무에서
속절없이 떨어지는 눈 한 송이에
마음 베일 줄이야

떠나던 날 흐릿하게 뒷모습 바랜
너를 만나고 돌아온 저녁
그 눈물 그 마음 감추고
혼자 기댄 썰렁한 윗목 흙벽에

어둡고 길고 시린 밤은
자해 같은 침묵으로 날개 없이 추락하고


새벽녘 나지막한 처마를 어루만지는
왼쪽이 밝은 하현달 따라
방문 열고 발길 닿은 황룡강에서
속으로 울렁거리는 갈대를 흔들며
밤새 뒤척이는 강물에
끝내 흐느낌 흘려보낼 줄이야

# 뚝새풀

아버지는 늘 느릿느릿 걸었다
황소를 앞세우고 쟁기를 지고 다녔기 때문이다

아버지한테서는 늘 소똥 냄새가 났다
식구들의 밥인 두엄을 날라 논에 뿌렸기 때문이다

눈 쌓인 땅에 아버지가 묻힐 때, 나는 울고 울었다
봄이 오면 아버지가 뚝새풀로 다시 돌아오리라

그 풀씨가 검정 고무신 안팎에 들러붙어
아버지가 가는 곳곳마다 늘 따라 다녔기 때문이다

# 졸지에

윤 시인과 나는 초겨울 순천만을 거닐다가 시장하여 근처 허름한 식당에 들어갔다

오후 한 시 반밖에 안 되었는데도 해는 벌써 서쪽으로 기울고 한 줄기 빛살이 식탁 모서리에서 꼬리를 자르고 있었다

우리는 비좁은 공간을 헤쳐 2단 수레를 밀고 다니며 펄펄 끓는 음식을 나르는 중년 남자에게 소주와 짱뚱어탕을 시켰다

그는 냉장고 문을 열고 소주를 꺼내며 부엌 쪽으로 고개를 돌려 자기 부인 같은 주방장에게 큰 소리로 말했다

"여기 짱뚱어 둘"

괭이갈매기가 쏜살같이 공격하는 뻘밭도 아닌데, 갑자기 고리눈 네 개가 머리 위로 솟은 나와 윤 시인은 짱뚱어 두 마리가 되었다

# 하루

용마루에 낙엽비가
우수수 쏟아진다

동산과 서산 사이
파란 판교 같은
담양호에

어부가 그물을 내리면
동산에 뜨는 해가
서산 위에서 아래로
동산 그림자를 벗기고

어부가 그물을 올리면
서산에 지는 해가
동산 아래서 위로
서산 그림자를 입힌다

백로는 대숲으로

잉어는 물밑으로
고이 돌아가고

공자의 이마 닮은 추월산에
낫 같은 달이 낯을 내민다

# 치자꽃 곁에서

깨끗한 하루였습니다
아무도 미워하지 않았습니다
개미 한 마리 밟지 않았습니다
풀잎 하나 건드리지 않았습니다
분주하지도 시끄럽지도 않았습니다
부고도 청첩장도 오지 않았습니다
급한 소식도 특별한 일도 없었습니다
일도 밥도 놀이도 공부도 욕심내지 않았습니다
부끄러운 짓도 자랑스러운 일도 하지 않았습니다
혼자 길을 걸어도 외롭지 않았습니다
글 한 줄 읽지 않았는데도
다섯 수레의 고전을 읽은 듯 뿌듯했습니다
내 몸에 들어왔던 그리운 사람을 추억했습니다
하늘과 땅을 더럽힐까 버스를 타지 않았습니다
나도 모르게 숫눈처럼 죄가 없었습니다
꾸밈없고 아픈 데 없는 삶이었습니다
잿빛 노을이 하루의 대문에 빗장을 거는 때
순백한 치자꽃 곁에서 말과 나를 잃어버린
나는 무위자연이었습니다

# 딱따구리

산제비나비 날갯짓 소리가
징 울리듯 크게 들리는
온통 적막에 둘러싸인 산길
안개는 신선을 보여주지 않는다
앞장선 부지런한 까치를 따라간
아름드리 참나무 우거진 숲속에
절도 없고 스님도 보이지 않는데
쩌렁쩌렁 울리는 목탁소리만
아픈 중생을 토닥이고 오르며
뭇 생명들을 깨운다
그리고서는 그 생명들에게 종일
빛밥을 골고루 나눠주는
공의로운 태양을 모셔오려고
서둘러 첫새벽 하늘에 닿는다

# 명자꽃

가지마다 연두연두 치어들이
실바람 따라 살랑살랑
전남대 용지까지 늘어져 꼬리치는
능수버들 치런치런

그 아래 호젓이 앉아
연못에서 연분을 연작(連作)하는
원앙 한 쌍 보며 냉커피 마시니
물가에 빨간 꽃들이 활짝 핀다

서울에 사는 큰누나는 순자
담양에 사는 작은누나는 옥자
여태 사는 곳 모르는
어린 시절 친구는 명자

가난이 발목 잡아 고등학교도 못 가고
전남방직공장, 마산수출공단에서
밤에는 독학하고 낮에는 일해서 번

눈물 젖은 돈을 알뜰히 모아
오빠와 남동생 학비를 대다가
혼인도 늦은 가엾은 순이들

이제는 마누라와 자식만 끼고도는
잘난 형제들이 못내 서운하다고
소쩍새 우는 오월, 어머니 기일이면
음복 서너 잔에 불콰한 얼굴로
독백처럼 푸념하곤 하는

이 땅에 태어난 누나와 누이들이
눈물을 닦고 행복을 꽃피우게
나는 봄날이 되지 못하고
이순이 되도록 뭐 했나 생각하니
한숨이 땅 꺼지게 부는 꽃샘바람이다

# 자족

조용한 내외가 사는
산중 절간 같은
우리 집

차분히 겨울비가 내리는
섣달 열하루 아침

이 닦고 손 씻고
거실 벽에 베개 대고 앉아
책 읽으니 사뭇 좋다

더구나 착한 아내가
따뜻한 유자차도 갖다 주니

부러울 것도 바랄 것도 없이
말할 수 없는 어떤 감흥이
가슴속을 축축이 적신다

응달 잔설을 녹이는
푸근한 겨울비처럼

제2부

# 평화주의자

참새가 총 든 허수아비 머리에 앉아

똥 싸고 날아간다

그래도 방아쇠를 당기지 않고

오히려 벌써 그리운 듯

새가 날아간 파란 하늘을 하염없이 바라보는

흰옷 입은 '사람의 아들' 앞에서

마을의 원로인 벼들이 머리 숙인다

# 생밤

겨울 살림 넉넉히 장만하라고
길에서 밤을 주워 다람쥐에게 던져주고
남은 하나를 조심히 깨물어본다
갈빛 껍질을 벗기고 속살을 씹는다
일부러 잘근잘근 오랫동안 씹으니
햇빛 달빛 그늘 바람 눈 비 서리……
이 모든 양념과 재료를 버무린 비빔밥 맛!
사랑과 이별과 그리움이
외로움과 무서움과 불면의 밤이 씹힌다
익모초보다 쓴 벌레 먹은 상처도 씹힌다
의지할 곳 없는 타향의 허공에서
먹고살려고 성게처럼 온몸에 가시 돋우며
옹글게 영근 밤이 되기까지, 천둥번개에
무수히 가슴을 쓸어내린 한 삶이 씹히는
파란만장을 생각하면 생각할수록
목이 멘다, 꺼어꺽

# 이별

사랑은 아픈 것이다
사랑하는 사람이
이 별에서 떠나가면
그제야 뼈가 저린다
눈물은 밭아버리고

# 부용정에서

휴일 아침 광주 일곡동
암소 닮은 한새봉에 오른다

삶은 고독하고 우직한 소걸음인 듯
외길을 싸목싸목 걸어 이른 산마루
부용정에 걸터앉아
땀 닦고 물 한 모금 마시고
머리 들어 멀리 쳐다보니
티 없는 하늘은 시원한 동해이다

귀신같이 피 냄새를 맡은 모기들이
까맣게 몰려와 찔러도 아프지 않다
처서가 지나고 송곳 입이
도토리묵이 되었기 때문이다

여름은 열매, 천천히
가을로 익어가고
떫고 시퍼런 나도

홍시가 되어간다

졸참나무 가지에서
매미는 마음이 급해서 소란하게
막바지 울음을 울지만
전봇대 꼭대기에서
까치는 마음이 설레서 숨 가쁘게
마을에 지저귄다

# 김오지

아침에 예초기 지고 가는 산길에
탁구공만 한 알밤이 떨어져 있다
다람쥐의 눈 피해 손에 넣으니
감탄사가 절로 흘러나온다
'오지다!'

남녘 오지 마을에서 태어난
내 동무 이름은 오지
누나만 다섯인 김해 김씨 김오지
독자인 아버지가 아기 울음소리 듣고
산방으로 달려가 보니 고추가 덜렁

와~ 오지다! 하고
아버지가 기뻐 뛰며 소리쳤고
벼락같은 그 소리에 깜짝 놀란
아기 받은 동네 아낙들이
막내아들 이름을 아예 오지라 지었단다

거북등 같은 논바닥에 물 들어가듯
오지의 목구멍으로 밥 넘어갈 때마다
오지야, 오지야, 부를 때마다
마냥 오진 오지의 아버지

오지가 어린 딸만 둘 낳고
진즉 곁에 잠든 줄이나 알까

오지를 오지게 부르던 소리
한가위 쇠려고 말끔히 머리 깎고
산문에서 애오라지 오지만 기다리며
밤나무가 성글게 둘러싼
석상도 없는 응달에 누워 있다

# 고향 열차

기차는 빙어처럼 내장이 환히 보이는
수평으로 빨리 자라는 투명한 대나무
바람에 흔들리는 오죽 이파리들처럼
칸칸마다 검은 머리들이 꾸벅꾸벅
머언 대꽃 피는 마을로 달린다
낮의 분주한 일과 시끄러운 소리가
모두 꽁꽁 얼어버린 고요한 겨울밤
어둠을 가르며 남쪽으로 남쪽으로

# 장대비 그친 뒤

구름은 달팽이 걸음으로
깎아지른 암벽을 핥으며
삼인산 정상에 오른다

골짜기 물은 논벼를 씻고
숨찬 것들의 목마름을
시원하게 풀어주며
천하장사의 팔뚝 힘줄같이
불끈불끈 영산강으로 흘러
서해로 돌아가고

지상에 선한 뜻 펼치고
하늘로 돌아가는 발걸음은
놋그릇 소리처럼 경쾌하고
앞서간 발자국은 후세
사람들의 심근에 새겨진다

# 명옥헌

지루한 장맛비 주춤하고
성급한 사람들이 기다리던
열애 같은 진홍 꽃은
듬성듬성 아직 성기다
우산처럼 젊은 수련을 감싼
늙은 배롱나무 낮은 가지에서
하늘이 점지한 빗방울 하나
뚜욱!
연못에 몸 풀고 우주를 낳는다
수직으로 나서 수평으로 자라는
동무 많은 그 우주, 하느님의
팽이처럼 동그랗게 동그랗게
가장자리로 번지는 평화

# 여름

뙤약볕에 길 걷는 사람에게
나무의 가치는 그늘뿐이다
그 길가에 종일 서 있는 나무를
생각하지 않는다

사람은 누구나
자기 이익을 먼저 생각하지만
이기심을 뛰어넘을 수 있는 사람이
하늘 같은 위인이다

그늘만 누리지 않고 나무에게
그 나무를 심은 사람에게
없는 데 없는 하느님께
머리 숙여 합장하는 노승처럼

# 오월에

장맛비 그치고
장미와 논벼가
이팔청춘일 때

장다리 꽃잎에 조는
배추나비 숨소리가
크게 들리는 한낮

낡은 옛집 툇마루
가상에 우두커니 앉아
담양 들녘 지나
영산강 건너
망월동 너머
무등산을 바라본다

등위가 없고
계급이 없는
저 평등의 산처럼

여자든 남자든
높든 낮든
모두 존귀한 사람으로

풀 한 포기도
벌레 한 마리도
존엄한 목숨으로
존중하며 살아야 한다

땅 한 떼기도
물 한 방울도
호흡 한 번도
민주주의도
정의도 평화도
내 것도, 네 것도 아닌
우리 모두의 것이니까

# 잃어버린 숲

1

하늘과 구름과 바람과 비와 눈처럼 깨끗해야지, 더러운
인간의 소유욕으로는 숲에 들어가지 못한다

숲은 이슬 같고 산소 같은 생명들이 숨 쉬고 노래하고 춤
추고 사랑하는 집

이 집을 이루는 나무를 베고 땅을 도려내고 도로를 내는
짓은, 그 생명들을 학살하고 앞날의 세대가 살아갈 밥과 방
을 파괴하여 공멸로 가는 넓은 지름길이자 자연의 심장에
비수를 꽂는 만행이다

2

150년 된 팽나무를 살리려고
애기뿔쇠똥구리를 구하려고
팔색조 서식지를 보존하려고
'비자림로를 지키기 위해 뭐라도 하려는 시민모임'은 아

름드리나무가 잘려 나가는 참혹한 학살 현장에서 날아오는
비수를 온몸으로 막고 서 있다

그것은
절규이고
눈물이고
분노이고
사랑
아, 이 사랑이 끝내 이기리라!

3

도무지 쓸모도 명분도 없는 제주 2공항 건설에 저항하는
사람들과 함께
물신 중심의 삶에 탐닉한 자본의 방식이 빚어낸 비극으
로, 잃어버린 숲에 살았던 생명들을 기억하고 기념하며
제주를 지키는 모든 평화의 신들에게 비둘기가 깃들이길
두 손 모은다

# 저녁 무렵

영산강 상류 둔치에
다소곳이 쪼그려 앉아
엉겅퀴와 한참 놀았습니다
그도 나도
이제 집으로 돌아갑니다
쪽빛 도는 저녁
몹시 서운하지만 서로
보내줘야 할 시간이거든요
무등산은 이미 돌아앉았고
어치들이 두레상에 둘러앉은
담양 태목리 대숲을 휘돌아
강물도 서둘러
서해 집으로 흘러갑니다

# 망친 지구

게걸스러운 육식과
막무가내 개발로
사람은 살찌고
지구는 야윈다

빙하가 녹아내리는 소리
배가 홀쭉한 북극곰이 겨우
쉰 목소리로 우는 소리는
지구가 자지러지는 비명

함부로 먹고 마시고
쓰고 베고 버리고 착취하는
기름기 흐르는 인간들에게
자연은 무엇을 돌려줄까

# 노부부

구월 중순, 은행나무들 무성한 행정마을
변덕스러운 하느님이 야속도 하지
언제 그랬냐 싶게 땡볕 쏟아지는데
늙은 부부가 푸른 바둑판같은 논에서
지난밤 태풍에 꼬꾸라진 벼를 세운다

마른 새우등처럼 굽은
자기 허리도 세우기 힘든 늙은 농부
파자마가 무릎 밑으로 흘러 내려가
바투 곁으로 지나가는 젊은 아낙들한테
누런 빤스가 다 보이는 줄도 모르고
넓은 논에 골무만 한 참매미로 달라붙어
긴긴 해 지도록 벼를 세우고 또 세운다

손톱 밑에 티끌만 한 흙 한 점 끼지 않은
나 같은 놈도 기름진 쌀밥을 먹고 살다니
어처구니없게도 두 발 뻗고 잠을 자다니

제3부

# 어머니 1

어머니가
산밭에 콩을 심는다
자로 잰 듯이 간격 맞춰
땅에 세 알씩 묻는다

사람 몫만
헤아리지 않고
벌레 몫을 챙기고
새하고 함께할 몫도 살핀다

씨앗은 씨알이고
씨알은 열매

어머니는
씨앗지기이자 열매지기
생명을 낳고 먹이고 기르고
죽음으로 생명을 잉태하는
물레방아 땅이다

# 어머니 2
## ― 지참금


노모가 강아지 다섯 마리를 이웃들에게 분양하고
나머지 한 마리를 팔러 한재장에 갔지

아침에 첫 손님이 찾아와 얼마냐고 물었지
노모가 만 원이라고 대답했지
그가 너무 비싸다고 등을 돌렸고

오후에 두 번째 손님이 다가와 얼마냐고 물었지
노모가 칠천 원이라고 대답했지
그녀도 비싸다고 돌아섰고

파장 무렵 세 번째 손님이 지나다 얼마냐고 물었지
이 손님이 아니면 강아지를 팔 수 없을 것 같아
노모가 오천 원이라고 얼른 대답했지

오천 원에 산 강아지를 상자에 넣고 저만치 가는
사돈 같은 남자를 노모가 살갑게 불러놓고

고쟁이에서 만 원을 꺼내 주면서 당부했지

이 강아지는 손녀와 생선을 나눠 먹고 컸으니
하루만이라도 사료 말고 생선을 사다 주라고

해 질 무렵 간고등어 한 손 들고
집에 돌아온 노모에게 손녀가 여쭈었지
강아지를 얼마에 팔았냐고
노모가 대꾸했지
오천 원에 팔고 만 원을 주었다고

손녀가 어이없다는 듯이,
"할머니 바보야?"
하고, 입을 삐죽거리자 노모가 조근조근 타일렀지

"애야, 부모가 딸을 시집보낼 때도
장롱이랑 이불이랑 숟가락이랑…… 혼수품을 주잖니?"

# 어머니 3

사랑한다고
말할 줄도 모르고
사랑한다고
말한 적도 없는 어머니

찾아뵐 때마다
고향 집 사립문 안에서
첫마디 말씀

"밥은 묵고 댕기냐?"

떠나갈 때마다
동구 밖 한길 가에서
마지막 말씀

"어디 가든 배곯지 마라."

다시 들을 수 없는

그 말씀 들으러
흐릿한 낙서가 낯익은 고샅에
골붉은 감잎들 흩날리는

지금은 낯선 사람들의 집
굳게 앙다문 쇠대문 앞에서
긴 그림자 하나 고아처럼
까치발로 서성거린다

# 어머니 4

택배 아자씨도 편지 아자씨도 동냥치도 우리 집에 오문 그냥 안 보내. 머이라도, 하다못해 냉수라도 한 사발 기어니 믹여서 보내. 나 쓸 데는 애껴도 넘한테는 안 애껴.

# 어머니 5

팔순인 어머니가
마당에서 대막대기로
마른 콩대를 두드리며
이순인 아들의 가슴에
세상 사는 법을 은근히
달빛처럼 비춘다

콩 숭구면 콩 나고 퐅 숭구문 퐅 나. 긍께 나는 넘 숭보는 말, 고런 짜잔한 말 앙코 존 말만 숭그고 살아. 그라고 살라고 맨나 애써. 봄에 존 씨앗을 숭그야 가실에 실한 곡석이 나오는 것맹키로.

# 어머니 6

5 · 18광주항쟁 어머니들과 4 · 16세월호 유가족들이 손
잡고
슬피 우는 모습을 텔레비전에서 보며
어머니가 한 고샅에 사는 할머니한테 말한다

넘이 가심 아픈 일 저끄면 꼬옥 이녁일 같단 말이오.

# 어머니 7

대나무밭 탱자나무 울타리 사이
해마다 활짝 피는 개복숭아꽃 쳐다보며
고맙고 기특해서 어머니가 하는 혼잣말

응달 까시낭구들 틈에 찡겨서도, 돌보는 사람 하나 없어
도 기죽지 않고 지 혼자 영판 이쁘게 핀당께, 아심찬하게.

## 어머니 8

울 영감은 나보담 퍼주기 더 좋아혀. 생판 모르는 사람한테도 홍시 따주고 호박 따주고 그러코럼 좋아혀.

이녁 일은 그만두더라도 넘 일은 앞장서서 해. 하루는 토란을 숭그러 가서는 안 와. 올 때가 됐는디 안 보여. 찾으러 갔제. 가서 본께 넘 부삭을 신식으로 고친디 거그서 항꾸네 일하고 있더랑께. 토란은 안 숭그고. 이녁 일은 그만두고 넘부터 돕고 산 양반이여.

# 어머니 9

나락 한 모개도 아깝제. 떨어진 것들도 죄다 주서. 논에 냉겨두문 맴에 걸려. 게비에 담아갖고 와. 긍께 게비가 꼭 있어야 써. 머이든지 주서서 너야 헌께. 곡석을 함부로 버리면 하눌님이 노하셔.

# 어머니 10

당산나무 등지고 집 떠나는
자식의 손을 잡고

고맙다

힘없고 가난하지만
등뼈가 부러질 것 같은
무거운 삶에 무릎 꿇지 않고
무릎 꿇었어도 도로 일어서는
자식이 있는 것만으로도
대견하고 짠하여 늙은 어머니가
겸연쩍게 가까스로 하는 말

고맙다

그게 꿈이라도 내가
이 세상에서 뼈에 사무치게 그리는
하나뿐인 참말!

# 어머니 11

어머니가 밭에 떨어진 콩을 쓸어와 집 마당에 늘면서 딸에게 말한다

씨러담으문 얼매 되든 안 혀도 거그다 냉겨두고 올 수가 있간이. 공딜여 키운 것은 다 귀허제. 돈 안 된다고 천한 것이 아니랑께. 씨앗은 한울(우주)이고, 한울은 하나밖에 없는 거여. 내남 없는 우리 목숨맹키로.

# 어머니 12

오랜만에 장맛비 흠뻑 맞고
불태산에서 내려오는데
문득 어린 시절 초등학교에서
집으로 가던 날이 생각난다

여름 방학 닷새 전
장대비가 뼛속까지 적셔 입술이
새파래진, 토방에 올라선 아들

어머니가 곧장 가마솥에 물을 데워
빨간 고무 다라 안에 앉혀 씻기고
수건으로 물기를 죄다 닦아낸 뒤
고실고실한 알몸을 번쩍 들고
다순 안방 아랫목에 눕혀
새하얀 당목이불 덮어주던 일

아무 꿈도 없이 다음 날 아침에야
개운하게 깨어났던 일

# 어머니 13

한 할머니가 두 보따리 안고 한길에서 서성이고 있었다
초조하게 왔다 갔다 두 시간째

신고를 받고 달려온 경찰이 할머니에게 성함이 뭐냐고,
어디 사냐고 여쭤보았다 할머니는 자신에 관해 아무것도 알
지 못하고 딸을 만나러 가야 한다는 말만 되풀이하면서 하
염없이 눈물을 흘렸다

경찰은 슬리퍼 신은 할머니의 차림새를 보고 근처 주민으
로 추측하고 사진을 찍어서 동네에 수소문하여 아는 이웃을
어렵게 찾았다

사연을 파악한 경찰은 부산 서구에 있는 모든 산부인과에
일일이 전화했고 오후 2시에 발견한 치매 할머니를 저녁 8
시에 딸에게 모셔드렸더니

할머니는 딸을 만나자마자 주섬주섬 보따리들 풀어서 벌
써 다 식어버린 미역국과 흰밥과 나물 반찬을 차리며 출산

한 딸을 구슬렸다

어여 무라, 어여 무라……

# 어머니 14

서울 동대문구 제기동에 사는 장모님이
"나도 이제 늙어 정신이 흐릿하니 미리 줄게. 기름 값이나
하게." 하며
한가위 전날 늦은 밤에
십만 원을 사위의 손에 쥐여주신다
하룻밤밖에 머물지 못하고
나그네처럼
날이 밝으면
빛고을 광주로 가야 하는 백년손님이나 큰딸이나
또, 처가에 혼자 남을 장모님이나
에인 마음을 감출 수 없어 느닷없이 눈앞이 뿌옇다
보름달은 시나브로 돋아 약령시장을 밝히는데, 휘영청~

# 제4부

# 별

어둠이 무슨 상관이랴
예정된 길을 걸어가다가
별은 떨어져서 흙이 되고
사람은 죽어서 별이 된다

신이 시기하여 일찍 데려갔거나
다 이루고 홀가분하게 귀향한
사람들이 사는 미리내는
잔잔한 윤슬 같은 영혼들의 마을

캄캄하고 막막한 길에서
먼저 떠난 사람이 보고 싶을 때
우리가 시린 눈으로 맑디맑은
밤하늘을 쳐다보는 까닭이다

# 퇴근길

광주에서 담양으로 출근하고, 담양에서 광주로 퇴근하는
나는, 날마다 두 번씩 영산강을 넘나든다

오늘은 일을 끝낸 뒤 노을이 붉게 물들이는 강둑에 차를
세우고
감빛 몸통과 검은 날개로 포르릉포르릉 날며 길잡이 하는
딱새와 서슴없이 탱고를 춘다

철새들이 살얼음 낀 강물 위를 뒤뚱뒤뚱 걸으며 먹이를
찾거나
양지바른 모래톱에 옹기종기 모여 앉아 한가한 노인들처
럼 정담을 나누고

갈 데가 없는 갈대가 갈 때라고 나에게 하얀 손수건 흔드
는 습지에는
지난여름 태풍과 홍수에 부러진 나무, 쓰러진 나무, 뿌리
뽑힌 나무들이
바람이 불어오는 반대쪽으로 머리채 잡혀 끌려가다가

제자리로 돌아온다 돌아오는 봄에 다시 돌아올 철새들 그
리며

몹시 춥고 힘들지만 내색하지도, 탓하지도 않고 저렇게
순연하게
모두 부지런히 산다
인자한 눈길로 말없이 지켜보는, 눈 내린
머리가 허연 병풍산과 무등산 울타리 안에서

# 철 지난 뉘우침

지금처럼 그때도 알았더라면
죄를 덜 지었을 텐데

네 하느님이 내 하느님이고
내 하느님이 네 하느님이라는 것을
이 세계는 서로 기대고 사는
내 영역이자 네 영역이라는 것을
진정 영(靈)으로 알았더라면

초등학교 시절 하굣길에서
개구리를 땅바닥에 패대기치고
뱀의 살가죽을 벗겨 햇볕에 널어놓는
양서류와 파충류보다 더 냉혈한
비행을 저지르진 않았을 텐데

내가 태어나 삶을 시작하기에 앞서
그들이 먼저 살고 있었고
생사여탈권이 내겐 없음을 깨달았더라면

싹싹한 한양댁의 엉덩이같이 허벅진

늙은 호박에도 말뚝을 박진 않았을 텐데

# 종교개혁

죽어야 할 때 죽지 않은
세포는 암이 되고
어린 암이 성장하여
장성한 목숨을 앗아간다

깨져야 할 때 깨지지 않은
질그릇은 우상이 되고
눈먼 우상숭배는
종교 폭력을 일으킨다

설교단에서 예수님을 파는 유다 목사
말씀보다 물질을 욕망하는 교회는
암과 우상을 키우는
회칠한 무덤

죽어야 할 때 죽고
깨져야 할 때 깨져
무덤을 비워야

부활이 부활한다

질그릇이 산산이 깨지길
무덤이 텅 비길
갈릴리로 가서 다시 사신 주님과 걷길
빈 교회들이 새 생명의 복음으로 채워지길

기묘하게도
보이지 않는 성령 같은
코로나19가
성전에서 장사하는 사람들을 쫓아낸다

# 고귀한 천성

얼룩말이 목숨 걸고
새끼를 지키려고 뒷발로
사자를 걷어찬다

수컷 사마귀가 사력을 다해
암컷 꽁무니 좇아 교미하고
그녀의 살과 피가 된다

위험과 죽음을 생각하지 않고
목적과 이득보다는
자기 충동에 충실한 이들같이
이성이 중단되고
희생과 관용이 지배하는

심장이 머리로 들어간 사람

# 도긴개긴

토니 모리슨이 쓴 소설
『The Bluest Eye』를 읽다가
먼 산 쳐다보며 뜬금없이
지앙스런 상상을 한다

숯검정 같은 흑인을
"깜둥이"라고 경멸하는
좀 덜 검은 혼혈아를
"참 어처구니없는 놈이네"
하고, 한국인이 비웃듯이

전라도 사람을
"홍어좆"이라고 멸시하는
일베 철부지를
"헐 느자구없는 새끼네"
하고, 콧방귀 뀌는 콩고인을

# 가장 어려운 혁명을 위하여

D. H. 로렌스가 「Kill Money」라는 시에서
'뇌, 피, 뼈, 돌, 영혼을 썩게 한다'는
돈 받고 노예로 사는, 생기 없는 노동을 거부하고
두메로 가련다 거기서
나를 위해 일하며 겸손하게 단순한 삶을 살련다

먹을 만큼만 농사짓고
마늘과 배추와 고추를 가꾸어 김장을 하련다

해 달 별 무지개 계곡 바람 나무 바위 풀 꽃
반딧불이 나비 피라미 고동 지렁이 꾀꼬리……
돈 한 푼 없지만 근사하고 즐겁게 노래하며
뭐든 거저 주는

벗들과 다정히 어울리고 아침마다 새롭게 깨어나
생기 넘치는 일로 나를 부단히 갈아엎으련다
내가 가진 전부인 삶에 숨결을 쏟아붓고

멀찍이 떨어져 자급자족하며 살련다

맘몬신, 자본주의와 바이러스가 가장 무서워하는 삶
지구에 사는 생명들이 즐기는 기후와 인간다운 삶
자연과 세상이 제자리 잡는 삶

제정신으로 제대로 하는 그 모든 삶의 혁명을 경작하러
돌과 똥이 돈보다 더 쓸모 있는 산마을로 가련다

# 겨울 들머리

추억이 단풍처럼 물들고
거리가 스산한 십일월 초하루
두꺼운 먼지 껴입은 사진첩이
애절하게 나를 소환한다

예전에는
집 안 어디에서 뒹구는지도 모르고
이사하는 날이나 뜬금없이 나타나
삼 분 만에 완독했던 빛바랜 사진첩

이순이 되니 허물없는 술벗처럼
나를 불러내 붙드는 바람에
한 장 넘기는 데도
사흘이 걸린다

# 도약

빈들에 솔찬히 세차게 눈보라가 몰아친다

메마른 풀은 다시 일어서라고 뿌리를 붙잡고 까무러치고

겨울은 가실한 뒤 허무

나태와 안일에 잠든 내 영혼을 뽈깡 깨워 일으킨다

새봄을 틔우려는, 살을 에는 칼바람으로

# 등교

코로나19가 휴교령을 거둬
91일 만에 다시 보는 얼굴들
늦었지만 퍽 다행이다
중간고사 출제하는데
자꾸 눈물이 흐른다

학생들이 없으면 나는
창가에서 썰렁한 운동장을
물끄러미 바라보거나
컴퓨터 앞에 머리를 푹 숙이고
손가락을 까닥거리거나
쓴 커피를 홀짝거리거나
하릴없이, 빚다 만 흙덩이같이
온종일 교무실 의자에 버려진
토막 난 분필

학생들은 그 분필 토막에
교육의 생령을 불어 넣어

교사로 창조하는 하느님
교사는 하느님을 섬기는 종

살아오며 하느님한테서
가장 많이 듣고 귀에 쌓은
'선생님'이라는 말
종에게는 경건한 경전이고
가슴 뭉클한 시여서

님들을 보아야 봄이다
님들을 보아서 봄이다
님들을 보듬으니 온전한 봄이다

# 시골 학교 졸업식

신축년 정월 초아흐레 오후 두 시
눈이 수북이 쌓인 운동장에서
졸업식을 한다

띄엄띄엄 놓인 의자에 앉아
재학생들도, 축하 화환도 없이
간소한 졸업식을 한다

학부모들은 교내에 들어오지 못하고
한길 가에 기차같이 차들을 세우고
울 밖에서 졸업식이 끝나길 기다린다

답사가 끝나고 자리에서 모두 일어나
피아노 반주도 없이
마지막 교가를 제창하고

고드름이 눈물 흘리는 교문을 벗어나
햇빛에 눈이 눈부신 길로

졸업생들이 떠나간다

깊은 발자국과 앙상한 팽나무만 남은
하얗게 빈 운동장에서
나는 한참 서성이다가 간절히 기도한다

청운 향해 행진, 가다 보면 길목마다
시련의 코로나들이 험하지만
더 넓은 세상으로

아름아 소망아 평강아 겨레야 민주야……
고달픔과 그리움으로 넘어져 구조 요청하면
언제든 어디나 마다하지 않고 달려가련다

# 발

머리로 백 번 생각하고
입으로 천 번 말하고
손으로 만 번 가리켜도
발 한 번 떼지 않으면
작은 일도 이루지 못하고
코앞 네게도 이르지 못한다

무거운 짐 진 당나귀처럼
온몸 지탱하고 옮기며
추울 때는 시리고
더울 때는 뜨거운
땅과 유일하게 만나는
고통스럽게 정직한 발로

나는 머리보다 더 많이 구상하고
입보다 더 진땀 나게 일하고
손보다 더 부지런히 시를 쓴다
고독하게 용감하게 자유롭게
길도 발자국도 없는 점자 같은
황무지, 원고지 위를 달리며

# 할미꽃

지난해 아이들이 심은 할미꽃이 뜨락에 핀다

올해는 식목일에 야생화를 심지 못할 것 같다

코로나19 탓에 '사회적 거리두기'에 비틀거린다

휑한 교실을 둘러보다 아이들이 달려오는 환각에

화장실에 들어가서 혼자 시린 눈시울 씻는다

# 수평의 세계 대지의 노래

김준태

온 세상에 봄비가 내린다. 대지를 촉촉하게 적시며 내린다. 겨울 동안 마른 뿌리를 펴지 못하였던 나무들이 빗물을 머금으면서 바람에 우쭐우쭐 일어선다. 때마침 불어오는 바람에 춤을 추고 있는 나무들…… 새들은 노래한다. 종달새는 삐쫑삐쫑 노래하고 먼 바다를 건너온 제비는 지지배배 노래한다. 개구리는 나무줄기에 매달려 그네를 타고 산자락 아래 옹달샘에서는 물방개와 새우장수가 헤엄을 치기 시작한다.

농부의 아들 시인은 그의 고향 들판을 걸어간다. 논고랑 밭고랑 사이를 걸으면서 그의 아버지와 어머니, 그 옛날 농부들의 조상이 땀을 흘리면서 바지런히 씨앗을 뿌린 그 모습으로 그의 시를 뿌린다. 그의 시, 그의 마음과 노래를 심는다. 꿈꾼다. 아득하게 펼쳐지면서 물결치는 논밭의 지평선! 시인은 봄비에 촉촉하게 젖는 대지의 흙에 가만가만 입술을 댄다.

온 세상에 온 들판에, 아득히 펼쳐진 지평선에 내리는 봄비! 시인 김정원은 하늘에서 '수직'으로 내리는 비가 흙에 닿으면서, 대지에 그의 몸을 내리면서, '수평'이 되는 것을 발견한다. 그가 60년 동안 보아왔지만 알지 못한 '엄청난 사실'을 발견한다. 수직으로 내리는 비가 이내 '수평'이 되는 순간, 그는 비로소 위대한 발견을 한다.

하늘에서 내리는 비(수직)가 땅에 닿으면서 '수평'이 된다는 이 엄청난 진리, 이 엄청난 발견에 이르러 시인 김정원은 이윽고 '계급(die Klasse)'을 해체시켜버린다. 예컨대 고정된, 고정돼왔던 시적 사고와 시적 상상력의 틀을 해체시켜버린 것이다. 영국이 산업혁명을 거치면서 등장한 자본주의가 사회주의를 태동시키고 칼 마르크스와 엥겔스가 이데올로기로 이론화시킨 '계급' 혹은 계급의 역사가 적어도 김정원 시인의 한 편의 시 속에서 변혁을 보여준다. 사실 새로 쓰인 한 편의 시는 그것을 창작한 시인에게는 '혁명'과도 같은 것이다. 혁명의 시대인 18세기에 영국의 낭만주의 시인 바이런이 "한 편의 시를 쓰고 잠에서 깨어보니 나는 전혀 다른 사람이 되어 있었다!"라고 말한 것이 어쩌면 그 증좌, 일례가 된 것으로 기억한다.

그런데 시인 김정원이 하늘에서 수직으로 내리는 비가 수평이 되었을 때 "수평은 동무가 참 많다"는 결구에서 더욱 놀랍다는 사실이다. 하늘에서 저마다 따로따로 내리던 빗방울 하나하나가 땅에, 흙의 대지에 이르는 것을 보고 친구가, "동무가 참 많다"고 노래할 때 김정원은 미학적으로 혹은 철학적으로 사상시(Gedankengedicht)의 한 정점에 이른 것으로 보인다.

수직은

곧장 수평이 된다

수평은 동무가 참 많다

— 「비」 전문

　비록 3행으로 된 시이지만 시 「비」는 문제작이며 그에게 새로운 시의 방향, 새로운 전기를 마련해줄 것으로 예견할 수가 있겠다. 수직으로 내린 비가 수평으로 펼쳐질 때 대지는 평등과 평화의 생명 현상을 일으킨다. 노자가 말한 "최고의 선은 물이다"라는 것을 예증한다. 일찍이 하늘을 우러러 경천사상을 자연스럽게 받아들인 농경문화가 김정원의 시를 순연하게 발전시켜나가게 한다. 유목민족의 문화와 다른 감성을 보여주는 농경문화의 속성이 그의 시를 편안하게 만든다. 그 편안함은 바로 그의 시를 전형적 촌락문화의 한 모습이기도 하는 풍경 속에서 평화의 세계를 노래하게 하는 동기를 부여한다. 그것을 말해주는 시가 「평화주의자」이다.

참새가 총 든 허수아비 머리에 앉아

똥 싸고 날아간다

그래도 방아쇠를 당기지 않고

오히려 벌써 그리운 듯

새가 날아간 파란 하늘을 하염없이 바라보는

흰옷 입은 '사람의 아들' 앞에서

마을의 원로인 벼들이 머리 숙인다

— 「평화주의자」 전문

가을날, 벼들이 고개 숙인 논에서 참새를 쫓고 있는 '허수아비'의 모습을 꾸밈없이 그대로 보여주는 시다. 동화적 세계이기도 하지만 그러나 이 시 속에는 우의적 기법(알레고리)에서 비롯된 경구(아포리즘)가 담겨 있다. "참새가 총 든 허수아비 머리에 앉아/똥 싸고 날아간다"라는 표현이 우선 그렇다. '가짜 총'을 들고 참새를 쫓는 '가짜 사람'인 허수아비, 그리고 허수아비의 머리나 저고리에 떨어진 참새 똥(?)은 참 재미있는 모습이다. 허수아비를 '사람의 아들'로 떠올리고 익은 벼를 머리 숙인 벼로 표현하는 결구를 통하여 농촌에서 자란 시인의 마음을 읽는다.

생이지지한 시인의 마음은 아마도 모두 고향에서 얻어지고 체득, 육화된 것으로 보여진다. 어쩌면 김정원 시인의 유토피아인 '아득한 집'의 시가 그러함일 터이다. 그리고 어머니와 아버지가 만나 화자인 시인과 형제들을 낳고 기른 자연 그리고 고향! 아버지가 쟁기질하는 대지의 논밭, 모든 생명의 모성성을 상징하는 어머니가 노래된 시편들을 보면 그렇게 생각된다. "아버지한테 꾸지람 듣고/혼자 웅크리고 앉아 분을 삭이는/대청마루 밑 은신처가 있는 집" "건너고 싶은 강이 있고/오르고 싶은 산이 있고/걷고 싶은 늘길이 있고/등목하고 싶은 우물이 있는 집" "옛이야기 들려주

는 할아버지가 있는 집" "뜨락에서 어미닭과 병아리들 놀고/얼룩
소가 느긋하게 되새김질하는/마당 넓고 싸리울 낮은 집"이 바로
이곳이 시인이 생각하는 '아득한 집'이요 유토피아다. 철조망을 친
담벼락이 높은 집이 아니라, 그것도 마당이 넓고 싸리꽃 울타리가
'낮은' 집이 그의 고향이요 이상향이다. 사람이 사람답게 살아가
는…… 그 옛날 사람이 사람답게 살았던, 지금은 '꿈'이 된 고향이
다. 그러나 그 꿈만을 꾸지 않고 '사람의 아들'로서 다가서는 곳이
고향이다.

흙의 대지의, 고향에는 역시 그의 아버지와 어머니가 계신다.
적어도 그의 시 속에서는 지금도 살아서 계시고 논밭에서 일하고
계신다. "산밭에 콩을 심"고 "자로 잰 듯이 간격 맞춰/땅에 세 알씩
묻는" 씨앗지기이자 열매지기인 어머니가 "생명을 낳고 먹이고 기
르고/죽음으로 생명을 잉태하는/물레방아 땅"에 계신다. 자연의
순환 논리가 그대로 순차적으로 되풀이되는 아날로그의 땅이 바
로 시인 김정원의 땅이요 고향이요 그리고 어디에 살든 우리들의
땅이요 고향이요 흙의 대지다. '순서가 없는, 차례가 없는…… 앞
뒤가 없이 무작위로 건너뛰고 넘나드는' 디지털(digital)의 세계가 아
닌, 봄 여름 가을 겨울이 그리고 사람들의 심성이 물레방아처럼
'순서대로, 차례대로' 돌고 도는 곳이 저 아날로그(analogue)의 고향
이라고 시인은 노래하고 있다. 일찍이 독일의 실존주의 철학자 하
이데거가 그의 책 『시와 철학』에서 마치 산봉우리에 올라가 말하
듯이 서술한 '고향정신(Heimatgeist)'을 시인은 숭상하고 있다.


다락이 있는 집

장독대 곁 감나무에 이마를 댄
술래가 눈을 뜨고도 좀처럼
아이들을 찾을 수 없는 집
아버지한테 꾸지람 듣고
혼자 웅크리고 앉아 분을 삭이는
대청마루 밑 은신처가 있는 집
어머니가 저녁밥 먹으라고
헛간에서 고샅에서 이웃집에서
이름을 불러대며 찾고 다녀도
일부러 꿈쩍 않고 애타게 하는
그 은신처로 돌아가고 싶은 집
객지에서 서럽고 쓸쓸하고 고단하여
달이라도 쳐다보고 싶을 때 달려가
건너고 싶은 강이 있고
오르고 싶은 산이 있고
걷고 싶은 들길이 있고
등목하고 싶은 우물이 있는 집
북새풍이 불면 방패연을 날리고
눈썰매 타고 싶은 언덕이 있고
낙서하고 싶은 골목이 있고
기대고 싶은 정자나무가 있고
도서관 같은 그 아래서 사철 구수하게
옛이야기 들려주는 할아버지가 있는 집
함부로 말할 수 있는 동무가 마중 나온
두엄 냄새 풍기는 대나무골
부엌에 그을음 번들거리고
뜨락에서 어미닭과 병아리들 놀고
일곱소가 느긋하게 뇌새김질하는

마당 넓고 싸리울 낮은 집

── 「아득한 집」 전문

어머니가
산밭에 콩을 심는다
자로 잰 듯이 간격 맞춰
땅에 세 알씩 묻는다

사람 몫만
헤아리지 않고
벌레 몫을 챙기고
새하고 함께할 몫도 살핀다

씨앗은 씨알이고
씨알은 열매

어머니는
씨앗지기이자 열매지기
생명을 낳고 먹이고 기르고
죽음으로 생명을 잉태하는
물레방아 땅이다

── 「어머니 1」 전문

아버지는 늘 느릿느릿 걸었다
황소를 앞세우고 쟁기를 지고 다녔기 때문이다

아버지한테서는 늘 소똥 냄새가 났다
식구들의 밥인 두엄을 날라 논에 뿌렸기 때문이다

눈 쌓인 땅에 아버지가 묻힐 때, 나는 울고 울었다
봄이 오면 아버지가 뚝새풀로 다시 돌아오리라

그 풀씨가 검정 고무신 안팎에 들러붙어
아버지가 가는 곳곳마다 늘 따라 다녔기 때문이다

— 「뚝새풀」 전문

아버지가 쟁기를 짊어지고 느릿느릿 황소를 앞세우고 걸었던
길, 늘 소똥 냄새를 풍기던 아버지의 옷, "식구들의 밥인 두엄을 날
라 논에 뿌렸"던 농부 아버지가 돌아가셨을 때 울고 울었던 고향
의 논둑길, 밭둑길…… 모내기하는 봄철이면 언제나 그러하였듯
이 아버지의 신발에 묻어 있었던 푸른 뚝새풀! 시인은 그 푸르고
짙은 뚝새풀 풀냄새를 잊지 않고 노래한다. 뚝새풀 그 "풀씨가 검
정 고무신 안팎에 들러붙어/아버지가 가는 곳곳마다 늘 따라 다녔
기 때문"이라고 시인은 모성성 못지않게 부성성에 젖는다. 그리고
고향을 그리는 그 젖음에로의 '향수'로 시적 사유와 감성, 결코 거
칠어질 수 없는, 거칠어져서는 안 될 삶의 고운 에너지를 부여받
고 있는 것이다.

그리하여 시인 김정원은 '깨끗한 하루'가 계속되는 그의 시 「치
자꽃 곁에서」 살기를 희망한다. "아무도 미워하지 않"고…… "개미
한 마리 밟지 않"고…… "부끄러운 짓도 자랑스러운 일도 하지 않"
고…… "글 한 줄 읽지 않았는데도/다섯 수레의 고전을 읽은 듯 뿌
듯"하다고 말하며 '무위자연'의 고향으로 돌아가기를 꿈꾼다. 그
러나 이 시집의 해설 글에서 말하기는 어려운데, 그가 말하는 '무
위자연'은 이 글을 쓰는 내게 현실도피로는 받아들여지지 않는다.

사람과 사람 사이에 목불인견의 '하극상'이 횡행하였던 난세 중의 '난세'의 시대였던 중국의 위진남북조시대 적에 전염병처럼 번져 나간 현실도피의 사조가 아닌 것으로 나는 해석한다. 노자와 장자의 사상, 즉 노장사상에서 말하고 있는 "현실을 걸러내고 승화시켜주는", 아리스토텔레스가 그의 책 『시학』에서 그리스의 비극을 말할 때 강조한 '카타르시스'(배설이 아닌 '승화')로 혹은 우의 · 알레고리로 나는 받아들인다. 적어도 그의 시는 "풀잎 하나 건드리지 않"고 "개미 한 마리 밟지 않"는 세계를 지양(헤겔이 그의 책 『역사철학』에서 제시한 '지양(aufheben)')하고 지향한다.

개미 한 마리 밟지 않았습니다
풀잎 하나 건드리지 않았습니다
분주하지도 시끄럽지도 않았습니다
부고도 청첩장도 오지 않았습니다
급한 소식도 특별한 일도 없었습니다
일도 밥도 놀이도 공부도 욕심내지 않았습니다
부끄러운 짓도 자랑스러운 일도 하지 않았습니다
혼자 길을 걸어도 외롭지 않았습니다
글 한 줄 읽지 않았는데도
다섯 수레의 고전을 읽은 듯 뿌듯했습니다
내 몸에 들어왔던 그리운 사람을 추억했습니다
하늘과 땅을 더럽힐까 버스를 타지 않았습니다
나도 모르게 숫눈처럼 죄가 없었습니다
꾸밈없고 아픈 데 없는 삶이었습니다
잿빛 노을이 하루의 대문에 빗장을 거는 때
순백한 치자꽃 곁에서 말과 나를 잃어버린

나는 무위자연이었습니다

— 「치자꽃 곁에서」 부분

"나도 모르게 숫눈처럼 죄가 없"이, "꾸밈없고 아픈 데 없는 삶"
을 추구하면서 일하고, 가르치고, 기도하고, 그리고 시를 노래해
온 김정원 시인! 얼마 전 그의 페이스북을 들여다보았더니, 그가
살고 있는 도시의 아파트를 팔고 시골로 돌아간다는 소식이 있다.
그동안 그와 그의 가족에게 일과 밥을 주고, 가르침과 사랑의 일
터였던 학교를 명예퇴직하고 "먹을 만큼만 농사짓고/마늘과 배추
와 고추를 가꾸어 김장"을 하고, "해 달 별 무지개 계곡 바람 나무
바위 풀 꽃/반딧불이 나비 피라미 고동 지렁이 꾀꼬리"가 노래하
는… D. H. 로렌스가 「Kill Money」라는 시에서 얘기한 "'뇌, 피, 뼈,
돌, 영혼을 썩게 한다'는/돈 받고 노예로 사는, 생기 없는 노동을
거부하고/두메로 가련다 거기서" "일하며 겸손하게 단순한 삶을
살"며 "내가 가진 전부인 삶에 숨결을 쏟아붓고/멀찍이 떨어져 자
급자족하며 살련다"라고 다짐의 노래를 부르고 있다.

D. H. 로렌스가 「Kill Money」라는 시에서
'뇌, 피, 뼈, 돌, 영혼을 썩게 한다'는
돈 받고 노예로 사는, 생기 없는 노동을 거부하고
두메로 가련다 거기서
나를 위해 일하며 겸손하게 단순한 삶을 살련다

먹을 만큼만 농사짓고
마늘과 배추와 고추를 가꾸어 김장을 하련다

해 달 별 무지개 계곡 바람 나무 바위 풀 꽃
반딧불이 나비 피라미 고동 지렁이 꾀꼬리……
돈 한 푼 없지만 근사하고 즐겁게 노래하며
뭐든 거저 주는

벗들과 다정히 어울리고 아침마다 새롭게 깨어나
생기 넘치는 일로 나를 부단히 갈아엎으련다
내가 가진 전부인 삶에 숨결을 쏟아붓고
멀찍이 떨어져 자급자족하며 살련다

맘몬신, 자본주의와 바이러스가 가장 무서워하는 삶
지구에 사는 생명들이 즐기는 기후와 인간다운 삶
자연과 세상이 제자리 잡는 삶

제정신으로 제대로 하는 그 모든 삶의 혁명을 경작하러
돌과 똥이 돈보다 더 쓸모 있는 산마을로 가련다
— 「가장 어려운 혁명을 위하여」 전문

그리하여 시인 김정원은 이 가공할 만한 '코로나19 시대'를 경고
하는 듯한 매니페스토(manifesto)의 시 「가장 어려운 혁명을 위하여」
를 그의 목표 혹은 좌우명으로 삼은 것 같다. 자본의 신 "맘몬신,
자본주의와 바이러스가 가장 무서워하는 삶" 예컨대 "자연과 세상
이 제자리 잡는 삶"을 위하여 삶에서 가장 어려운 '민족(가족)대이
동'을 감행하는 듯싶다. 존 스타인벡이 그의 소설 『분노의 포도』에
서 서사화한, 오클라호마에서 캘리포니아로 '가족대이동'하는 것
과는 다른 모습으로. 한국의 사회이동의 역사와 참고로 해서 말하

면 시인 김정원은 농촌대탈출(rural Exodus)이 아닌 '도시대탈출(urban Exodus)'을 음모(?)한 결과로 보여진다. "아침마다 새롭게 깨어나/생기 넘치는 일로 나를 부단히 갈아엎"을 수 있는 곳은 농촌(시골)이며 고향이라는 사실을 시인은 '시적 선포'한다. 과연 그것은 가능한 일인가, 과연 시인 김정원의 꿈은 현실적으로 가능한 것인가? 토마스 울프가 그의 소설『그대 다시는 고향에 돌아가지는 못하리라』에서 고백한 그 아픔이 떠오르기도 한다. 그러나 나는 시인 김정원의 꿈과 희망을 믿는다. 일찍이 사람들(호모 사피엔스)이 믿은 꿈과 희망은…… 패러다임은 반드시 이루어진다고 고개를 크게 끄덕거려주고 싶다. 꿈과 희망은 신(God)이 아닌 인간만이 땀과 눈물을 흘려서 달성할 수 있기 때문이다. 또 그것을 신은 바라고 있기 때문이다. 수직의 세계가 수평의 세계로 전개되는 여기 촉촉이 봄비 내리는 푸른 들판에서…… 시인 김정원과 벗님네들의 건강과 건승, 평화를 빕니다!!

金準泰 | 시인

푸른사상 시선 143

# 아득한 집